VICTORIA
BENEDICTSSON

DESDE

ESCANIA

(Relatos)

Selección y traducción
de Roberto Mascaró

DESDE ESCANIA

(Relatos)

Desde Escania ©
Victoria Benedictsson ©
Selección Traducción al español de Roberto Mascaró ©
Prólogo por: Ligia María Orellana ©
Copyright © Editorial del Gabo, 2015
Colección: Caleidoscopio #2 / 2015
ISBN: 978-0-692-51642-3

Edición y Corrección: Andrés Norman Castro
Arte exterior: Daniel Telles
Diagramación: Sirius Estudio

Editorial del Gabo
San Salvador, El Salvador, Centro América
editorialdelgabo.blogspot.com • ◼ /editorialdelgabo

*Agradecemos que el costo de esta traducción fue sufragado por una
subvención del Gobierno de Suecia a través del Swedish Arts Council
(Consejo Sueco de las Artes)*

KULTURRÅDET

Victoria Benedictsson y los mundos que se derrumban.

En *Una historia de conversión,* uno de los cuentos que conforman esta obra, Victoria Benedictsson advierte que la imagen ideal que un escritor se crea con la ayuda de sus escritos "pocas veces se corresponde con la realidad". Y sin embargo, su alter ego y pseudónimo, Ernst Ahlgren, afirmaba que es en sus textos donde encontraremos quién es ella en verdad. Matrimonios infelices, la búsqueda –y la frustración- artística, el enfrentamiento entre el naturalismo y el realismo…estos temas componen los relatos de *Desde Escania,* pero también componen la vida de Benedictsson.

Los protagonistas de los siguientes relatos tienen un rostro en común. En principio, casi todos cumplen un rol dentro de una familia: las mujeres son esposas, madres, hijas; los hombres son esposos, hijos, viudos. Estos roles, en esencia, nos hacen formar parte de una pequeña constelación de personas, y mencionar a la familia implica evocar ciertos ideales. Y es este el punto de encuentro, el punto donde el ideal y la realidad difieren: los protagonistas están solos. Y no es una soledad añorada, cómoda, sino más bien impuesta y devastadora. En la pluma de la autora, el retrato ideal se derrumba constantemente y lo que permanece es un corazón pesado, adolorido.

En ocasiones, la respuesta al dolor es vestir un traje de seda y una máscara festiva, y actuar despreocupadamente en medio de una multitud que sabe la verdad (esto último no es problema, pues la máscara no es para engañar a esa multitud sino para escapar de la realidad personal por al menos una noche). Otra veces, puede optarse por, simplemente, hacerle frente a la desgracia. Si basta con abrir la puerta un segundo antes de lo debido, si basta una imagen observada a través del umbral para que el mundo otrora llamado hogar se caiga a pedazos, el menor de los males puede ser dejarse llevar. Desmoronarse en silencio, sin resistencia, con resignación.

A través de estos relatos, seguimos a hombres y mujeres mientras navegan por situaciones tormentosas. O, los más afortunados, por situaciones que les hacen cuestionar aquello que dan por cierto. Encontramos a estos hombres y mujeres, entre ellos quizá a la misma Benedictsson, plasmados en figuras como la del aspirante a escritor, chocando sus alas "contra la estrecha jaula de la costumbre" y contrariado en sus intentos por ser del gusto de quienes admira; o en la estampa de la joven que ha terminado de leer una obra y se queda pensando en ella, anticipando una discusión. Benedictsson sugiere que tal vez no es exactamente lo mismo pensar en lo que hemos leído que pensar en lo que el escritor quiso decir. Si resulta ser lo mismo o no, eso lo decidirá quien lee al llegar a la última página de este libro, al notar el eco que dejan las historias y, particularmente, la soledad de sus personajes.

En ocasiones, y por cuestión de segundos, estos relatos detienen su marcha y voltean hacia nosotros. La autora nos recuerda que somos lectores, acaso más de alguno aspirante a escritor. Y somos, sin embargo, más que espectadores. Ella nos toma de la mano y nos acerca con sigilo a estas personas que están conversando: en medio de una fiesta de la alta sociedad, en habitaciones donde ronda la fatalidad, en un hospital donde sólo quedan desesperanza y consuelos que no son tales. Escuchamos conversaciones íntimas, intercambios acaso indiscretos que deben mantenerse ocultos, o al menos en susurros. Los secretos están a salvo con nosotros hasta que salgan a la luz por cuenta propia. En cualquier caso, no podemos hacer nada por los personajes, no tenemos ningún bálsamo que ofrecer. Escuchamos las conversaciones y las guardamos con cautela, como el niño que sabe que el matrimonio de sus padres está condenado y que el desenlace sobrevendrá por su propio peso.

Victoria Benedictsson nació en 1850, y murió 33 años

después. De y sobre ella se encuentra poco fuera de su lengua materna, el sueco. En español, su trabajo ha sido largamente ignorado y los trazos sobre su existencia y obra son tenues: sus orígenes campesinos, su sueño frustrado de ser artista, su matrimonio a la fuerza, su relación extramatrimonial con un connotado crítico danés, y su decisión de quitarse la vida. Y dentro de todo ello, su contribución a visibilizar a mujeres que, como ella, caminan en un rumbo impuesto por otros, con aspiraciones frustradas pero nunca totalmente desvanecidas. Para nuestra fortuna, tanto la distancia geográfica como la temporal son fácilmente salvables ahora, y es por ello que tenemos frente a nosotros ese rostro compartido, y ese momento en que se decide si habitar en el mundo anhelado o en la realidad.

Ligia María Orellana
Narradora Salvadoreña

LA COQUETA

El número de invitados era tan grande, que tuvo que ser construida un ala especial para que todos tuviesen cabida.

Todo lo que la alta sociedad poseía en la comarca se veía aquí, desplegado en toda su gala.

Había un enjambre y un rumor en todas las habitaciones, señores de uniforme y mujeres escotadas formaban vivaces grupos, y apurados sirvientes corrían de aquí para allá, con refinada habilidad se apresuraban entre los invitados con sus bandejas.

A un costado, junto a una de las ventanas y a medias escondido tras la cortina había un caballero observando el revuelo. Él no era más que un desconocido en la comarca y había sido invitado tan solo por su condición de ex-preceptor, por lo cual festejaba a veces las fiestas de Navidad en el vecindario.

Era observado por una joven de vivaz, aunque feo rostro.

"Ah, doctor Svensson, ¿está aquí escondido?" exclamó y fue a sentarse en una silla frente a él.

El rostro de él se aclaró; ella había sido su alumna preferida.

"Me gustan las reuniones verdaderamente grandes", dijo, "porque en ellas desaparece usted por un día en la multitud".

"Y uno puede observar", completó ella sonriente.

"Sí, ¿por qué no?"

"Bueno, ¿qué le parece?"

"Uno cree estar en una gran ciudad, en lugar de estar en el campo. Pero, ¿quién es la dama del vestido de seda rosada?"

"¿Qué tiene usted en contra de ella?"

"Nada; ¿quién ha dicho que tengo algo en contra de ella?"

"Nadie ha dicho eso, pero lo noto en su gesto. Ah, ese gesto lo conozco muy bien; he tenido que verlo siempre cuando no he podido cumplir con mis tareas. ¡Dios, cómo echo de menos esos tiempos!"

"Yo no los echo de menos", dijo él riendo, "porque usted se ponía a veces realmente difícil".

"¿Era tan tonta?"

"No, ¡pero era tan traviesa! Yo hubiese querido tener a mi cargo a tres varones en lugar de una sola niña como usted".

"¡Oh, qué halago!"

"Bueno, ¿quiere decirme quién es la dama?"

"Es la Condesa Stahr de Stahrby. ¿La encuentra muy bella?"

"Sí, pero es insoportablemente coqueta; yo me pondría furioso si mi esposa se comportase así frente al cortejo de sus admiradores".

"Si usted un día se vuelve un marido como el Conde Stahr, así sería su futura esposa, siguiendo el ejemplo. Allí está el conde mismo, mírelo".

La joven muchacha mostró a un señor extremadamente elegante de aspecto sureño, el que hablando con vivacidad estaba frente a un grupo de damas muy jóvenes.

"Es un bello señor", dijo él.

"Sí, y un hombre de mundo. Es de creer que puede mantener una conversación. Ha llevado ese arte a la maestría, y se dice que puede llevar una conversación sobre sencillamente nada, de modo que aun así es entretenida y espiritual; por eso todos lo festejan, tanto caballeros como damas. Él se parece a su propia conversación: ingeniosa, pero sin contenido...¡y tan superficial! He oído afirmar a sus amigos que tiene una palabra para cada compañía. Sí, aunque uno no sea otro que el escolar más torpe, el Conde lo iniciará en la conversación, porque nadie ha de sentirse excluido. A eso se puede llamar *savoir vivre*. Pero mire ahora a la Condesa y dígame qué edad piensa que tiene".

"Veinticuatro o veinticinco".

"Allí está su hija", informó la muchacha riendo y señaló

con la mirada a una joven en el rincón opuesto. "La Condesa parece en posesión de la manzana de Iduna[1], aunque para eso echa mano a toda clase de recursos".

"¿Cree usted…cree usted que se maquilla?", preguntó el doctor titubeando.

"Ya lo creo, y lo hace muy bien".

"¡Pero eso es horrible! Una persona adulta y casada".

"Diga lo que quiera, pero no que es vieja; ella no *puede* serlo, porque los hombres revolotean solamente en torno a las jóvenes y a las alegres. He mirado sus fotos, y se me parte el corazón cuando veo esta animada vivacidad. Todo es una comedia. Pero así lo quiere él. Debería verla llegar en compañía y saludar; uno podría creer que ella es una juguetona de la misma edad que la hija; hay una gracia realmente encantadora en todos sus movimientos. ¡Y una sonrisa! Mírela usted mismo. Reconozca que es admirable. ¿Quién creería en su edad al verla? Pero todo es un juego, y por eso es tan indescriptiblemente vergonzoso de ver, al menos para mí".

Comenzó la danza, y la joven fue recogida por su caballero.

El Conde se acercó a su esposa y se inclinó, exactamente como uno de sus admiradores hubiese hecho.

"Ajá, esta música es realmente para la danza," dijo ella con un tono como si recién se enterase, y entonces mostró a su esposo una mirada brillante de alegría, estudiadamente astuta, al tiempo que recibía su brazo y se alejaba deslizándose.

"Una puede ponerse indispuesta de sólo ver a la Condesa Stahr," dijo una señora plebeya que estaba en un rincón. "Ella

---

[1] Iduna *(Iðunn)* cuyo posible significado sea *"siempre joven"* es una de las *Ásynjur (diosas) de la mitología nórdica. Iduna aparece en la* Edda poética, *compilada en el siglo XIII de antiguas fuentes tradicionales y en la* Edda prosaica, *escrita en el mismo siglo por Snorri Sturluson. En ambas fuentes, se la describe como la esposa del dios escáldico Bragi, y en la* Edda poética *se le da también el rol de guardiana de las manzanas que dan a los dioses eterna juventud.*

anda tan entusiasmada que coquetea con su propio marido".

"Sí, pensaba en lo mismo", respondió el alma congénere a la que se había dirigido, una anciana señorita en vestido de seda morado que parecía tan arrumbado como su dueña "y además tiene un problema cardíaco, de modo que me parece que debería pensar en cosas más serias".

"¡Sí, pavonearse de ese modo cuando una tiene una hija crecida! ¡Vestido escotado y mangas que no llegan hasta el hombro!"

"¿Y has visto sus zapatos? Largos como mi mano y con tacos interminables."

"¡Dios me libre, que no se tuerza las piernas! Una tiene que estar bien loca para tener ganas de mostrar su cuerpo pecador, cuando se vive en un matrimonio infeliz como ella".

"¿Qué dices? ¿Es infeliz?"

"Claro que sí, ¿no has oído que él...?"

Aquí siguió una historia escandalosa, contada "sotto voce".

En la sala bailaba la Condesa tan liviana como una muchacha de diecisiete, con su hija y un teniente de húsares conduciendo el *vis a vis*.

Ella sonreía y parecía estar divirtiéndose sin fin.

¡Pobre coqueta!

*

El vestido de seda rosado crujió cuando atravesó la puerta.

La Condesa se volvió en el umbral y dijo a la criada que deseaba desvestirse.

Cerró la puerta y quedó sola.

Desde la rosada lámpara caía un vago resplandor sobre la habitación y daba a todo un aire de encanto y fábula. Pero la dueña no sentía alegría alguna por todo este lujo; ella ni siquiera le dedicaba una mirada. Con un gesto de fatiga avanzó hasta el espejo, encendió una de las luces del *toilette* y la elevó hacia su rostro, inclinándose sobre el espejo. Él era su único amigo, el único que podía leer en ese rostro maquillado la historia de un alma deseosa. ¡Qué diferente se veía en este, a comparación con el del salón de baile! Fue con curiosa seriedad que la coqueta miró ese rostro, observando cada rasgo, como si allí pudiese aclarar su futuro; largo rato se demoró en dos finas líneas en torno a la boca, líneas chismosas que indicaban amargura y pena, pero éstas no se veían sino de cerca; todavía tenía la sonrisa bajo control y los ojos estaban resplandecientes, más bellos que nunca, cambiantes y expresivos, el *cómo* lo sabía tal vez sólo ella y otro más. Puso la lámpara en la mesa y se volvió para ver su figura, bella y delgada como la de una de diecisiete, pero ¡de qué servía eso!

Apagó la lámpara y se dejó caer en una silla, el resplandor opaco de la lámpara se veía rosado y rojizo, pero ¡qué le importaba a ella eso! Es duro verse envejecer, peor el verse a través de ojos ajenos.

Pero, ¿acaso le ayudase poder conservar una juventud eterna? No lo creía. Él se cansaría de todos modos, él se cansaba de todo. Sólo lo que era nuevo tenía un encanto para él. Era superficial y de débil carácter. Ella veía estos defectos, y ¿cómo era posible amarlo a pesar de eso?

No lo sabía. Al parecer era la esperanza que no quería morir, la esperanza de que él fuese algo más de lo que parecía ser. La esperanza de que se hubiese equivocado acerca de él, y de que su alma fuese más profunda; eso no lo había podido medir hasta ahora.

Dejó caer la frente entre las manos. La superficialidad de su vida era lo más insoportable; no se consumía por sufrimientos: simplemente se enfriaba y petrificaba.

Hedvig Stahr era nacida de padres plebeyos, su belleza había sido extraordinaria, y el joven fideicomisario se había enamorado perdidamente de ella en un baile.

Ella tenía que ser suya, toda la familia no pudo ante esta pasión irrefrenable, frente a la cual los reproches y ruegos no tenían eficacia. Se dirigieron al mismo Hdvig, se suplicó a su entendimiento, a su nobleza, y ella lo rechazó con el heroico sentimiento de que se sacrificaba por el bien de él. Pero esto lo inducía más aún, desvergonzado y testarudo como era.

Él juró que al fin lo lograría, que ella y ninguna otra sería la Condesa Stahr; el esperaría, pero sin resignarse. Acentuaba su decisión una tenacidad ejemplar, buscando apoyo de altas esferas; estaba decidido a mover cielo y tierra si fuese necesario. Todo esto lo había colocado en una tensión, de esas que son tan atractivas para naturalezas como la suya. Era el fervor multiplicado, concentrado, del cazador. El encanto estaba en la dificultad, no en el objetivo.

Esta indómita atracción no dejaba de influir en la joven muchacha; ella veía a su admirador como una esencia sobrenatural, nimbado con el peso y el brillo de la riqueza. Era un héroe, un príncipe de cuento de hadas, y ella lo aceptó.

La mayor parte del tiempo él estaba lejos, viajando o cazando, y cuando estaba en casa podían pasar muchos días sin que cambiasen palabras que no fuesen sobre el tiempo, el viento u otras materias banales.

Él no hizo nunca intromisión en su libertad, nunca le negó dinero y colmó de buena gana sus deseos, mientras éstos no chocasen con los de él.

Así pasó año tras año.

Al comienzo, la monotonía fue rota a veces por escenas intensas, cuando se despertaban los celos de la esposa, pero cesaron al poco tiempo, en parte porque el tema se diluía, en parte porque lo único que ella conseguía era alejarlo aún más de sí.

Ahora su vida en común era tranquila y cotidiana. Él no era rudo ni grosero: simplemente indiferente.

Por momentos la acariciaba, no fogosamente como antaño, tampoco con rudeza y vulgaridad, sino de una manera caballeresca, con cierta rutina refinada. Pero hay caricias que son tan vacías y sin sentimiento, que provocan frío en lugar de calor.

Él no era nunca brusco, nunca ordinario, pero tampoco sincero, y ella sabía que lo llamaban "el pequeño mormón".

Los celos de ella se habían apagado hacía tiempo. Se sentía sola, eso era todo. Tenía que ahogar sus sentimientos en su interior y ahogarlos allí mismo.

La hija era solo una niña aún, pero había heredado el carácter del padre y ya tenía la cabeza llena de bailes y conquistas. Naturalmente, no tenía sentido permitirla conocer el fondo de las relaciones. Por lo tanto la comedia continuaba en la casa, y esto le daba un viso de privacidad a la relación de la Condesa con su hija; ésta sentía las relaciones instintivamente y por lo tanto se enfriaba, mientras su admiración por el caballeroso padre atraía sus sentimientos hacia él. Él tenía con ella sobreabundancia de palabras amables, pero nunca un sentimiento.

Los amigos se le ofrecían, pero ella nunca se hubiese rebajado a tocar sus penas matrimoniales con gente de fuera. Tan bajo no había caído aún, que desease expresar una sola palabra despectiva hacia él, y esta contención impedía toda confianza entre ella y los que se hacían llamar sus amigos.

Así, la indulgencia para con el marido se instalaba como una barrera de hielo entre ella y el resto del mundo, y la celebrada mujer de mundo estaba en realidad tan aislada como si viviese en la celda de un convento.

¡Deseaba el cariño de él o nada! De nada servía pensar en una sustitución; no podía haber nadie en lugar de él. Otra vez se sentía el agudo y quemante dolor en el corazón. Ella comenzó a sentirlo más a menudo que antes, y empezó a pensar en la enfermedad y la muerte. Por eso la angustia cuando se encontraba sola en la silenciosa noche. La enfermedad llegaría súbita y de improviso; el médico había dicho algo al respecto; le había prohibido bailar.

Miró sus pies. Los zapatos le apretaban y los tobillos se le habían hinchado otra vez. Arrojó los zapatos lejos y enfundó sus pies en un par de suaves pantuflas.,

¡Si él alguna vez quisiese venir hacia ella, y ella pudiese hundir su cabeza en su pecho y confesar todo lo que lo había extrañado, todo lo que había sufrido! Una sola mirada amable hubiese hecho que todo fuese más fácil.

Pero ella ya no se atrevía a esperar y tampoco se atrevía a entregarse a la desesperación. Así, continuó la lucha con ayuda de la vieja costumbre, pero con el corazón pusilánime. Apoyó la cabeza en el respaldo de la silla y su mirada sin lágrimas vagó cansada e indiferente sobre la sala de abundantes muebles. Todo era tan bello y exquisito que uno podía esperarse que apareciesen amorcillos entre los cortinajes de seda. Pero todo este alegre lujo estaba en estricto contraste con su propio rostro de inconsolable expresión.

¡Cómo hubiese querido dar toda esta riqueza a cambio de una palabra que diese calor a su corazón!

Se irguió pesadamente y fue hasta el armario para tomar sus gotas medicinales, las cuales al menos aliviarían sus dolencias. Luego fue hasta la ventana, subió las cortinas y miró hacia la noche de verano. Las estrellas titilaban tan fríamente; ella se sintió tan abandonada y olvidada que un par de cálidas lágrimas bajaron por sus mejillas cubiertas de maquillaje.

Morir...morir...es algo tan oscuro y misterioso. *Tiene* que llegar alguna vez...¡y esos espacios infinitos!

Entonces cayó una estrella. Entrelazó las manos con la mirada aún fija en el estrellado cielo de invierno.

Al día siguiente estaba invitada otra vez a un baile.

¡Pobre coqueta!

UNA HISTORIA DE CONVERSIÓN

Halvdan Äng consideraba una desgracia haber nacido en Escania. Por esto se avergonzaba.

Consciente de la dureza de sus maneras, se atormentaba aún más, así como su carácter era vivaz y todo el tiempo chocaba sus alas contra la estrecha jaula de la costumbre. Lo atormentaba oír su propio ancho acento, y casi se enfermaba de ver los llanos campos en torno a su pueblo natal.

El padre odiaba a los campesinos, o creía hacerlo, y se encargaba de recordarlo en todas las ocasiones. Había coleccionado un inacabable archivo de refranes insultantes para usar a espaldas de los campesinos, pero lo peculiar de esos insultos era que, justamente ese humor, que apuntaba hacia la amargura de esa gente, era prestada del propio torpe sentido del humor de los campesinos escaneses.

"Justicia al campesino, pero nunca bondades", solía decir.

Si fracasaba en ceñir un nudo, podía explotar con inimitable bondad:

"¡Con los dedos al revés, como tréboles de campesino!"

Y así con todo.

Pero le gustaba hablar con los campesinos, decir cosas ingeniosas a su manera, revelar sus lados más peculiares y luego contar historias sobre ellos, de modo que uno podía desternillarse de risa.

Halvdan había crecido bajo estas condiciones. Al mismo tiempo se había familiarizado con la vida de la gente y había aprendido a avergonzarse por esas simpatías, las cuales en un carácter sano tan fácilmente brotan por todos los que uno conoce a fondo, aunque sean desagradables y cometan muchos errores.

Ya tempranamente había deseado alejarse de la uniformidad cotidiana hacia una vida más libre, y de muchacho pensaba en embarcarse, pero desistió de ello a causa de los ruegos encarecidos de su madre. Más tarde se presentó el espejismo de una carrera artística y tomó pincel y paleta, pero esta vez fue su padre el que presentó su veto y abandonó, dedicándose a la vida práctica y se hizo escribiente en una oficina. Era aplicado y preciso, seguro como el oro y puntual como un reloj. No era un caballero de compañía, y su educación era mediocre; pero se sentía bien en la soledad y usaba sus momentos libres para estudiar. De alguna manera llegó a escribir un cuento, muy picaresco y muy fantástico. Cómo fue, él apenas lo sabía, y se hubiese avergonzado mucho si alguno de sus conocidos hubiesen tenido idea de la avezada aventura. En el secreto más total envió su *opus* a uno de los periódicos más importantes, y para su indescriptible asombro fue aceptado como folletín.

Al mismo tiempo recibió una carta de la redacción. Entre otros buenos consejos para el futuro, decía lo siguiente:

"Lo que a usted le hace falta son estudios, no de libros, sino de la realidad. Cuando adquiere usted las observaciones de sus ojos y las experiencias de la realidad para conducir su fantasía, allí se mueve usted libre y bastante seguro; cuando esto falta, entonces se tambalea sin apoyo y es lúcido a medias. En su lugar, lo más inteligente sería dedicarse a dibujar la realidad que tiene más cerca; estudiarla tan minuciosamente en su más mínimo detalle como el pintor estudia los motivos tomados de la naturaleza; no se declare satisfecho antes de haberla reflejado con fidelidad fotográfica; y no deje usted escapar más que una pequeña dosis de fantasía. Recién después de estudios básicos del natural, la fantasía se vuelve artística en lugar de fantástica.

Que no flaquee el coraje, porque lo que hoy es verde retoño se abrirá a su tiempo en flor."

El principiante adquirió verdadera pasión por la escritura, los libros fueron dejados de lado, escribía y estudiaba la naturaleza, abrumaba al redactor del periódico con sus cartas, consultas y bocetos, hasta que éste, desesperado, le devolvió los mamotretos en la cara.

Fue una larga quietud. Los libros volvieron a estar presentes y en el portafolio se mezclaron a los debe y los haber, y se arrepintió de sus pecados.

Pero luego de un par de años sucedió un día que nuestro héroe se encontró una vez más con lápiz y papel en la mano, garabateando cuartilla tras cuartilla. Escribió otro cuento; un fresco relato juvenil, no escrito para ser impreso, sino por puro placer. Era un viejo enamoramiento, una inocente aventura de juventud, cara a los pensamientos y recordada con alegría. No era gran cosa, pero era grato verla en el papel, y reía mientras la escribía.

Una vez más atrapado por lo aventurero de su carácter, introdujo el cuento en un sobre y se lo envió a uno de los más celebrados escritores, consultando su opinión.

No esperaba respuesta, pero vino sin embargo una, expresada en estilo telegráfico y del siguiente tenor:

"Tiene usted vocación. No tengo tiempo de escribir cartas, ¿podría venir a Estocolmo?"

Sí, podía.

Tomó una semana libre y viajó.

*

Resultó increíble, como un milagro, que al día siguiente se encontrase sentado junto a una de las pequeñas mesas del restaurante "Kung Kart", cara a cara con su nuevo beneficiario.

Inexperto como era, sabía no obstante que la imagen ideal que un escritor se crea con la ayuda de sus escritos; pocas veces se corresponde con la realidad. Para protegerse de todo equívoco, en este caso había obligado a su propia imaginación a sustituir al fantasioso trovador que surgía de la acariciadora lírica del escritor por el rígido, construido conocedor de las frases lacónicas de la carta.

Este construido ídolo representaba a un gruñón regordete de mirada aguda, barba clara y calva.

Ese hombre que estaba sentado a la mesa frente a él en el "Kung Kart" se parecía tan poco al trovador como al gruñón y pese a esto —o tal vez precisamente a causa de esto- el conocimiento se desarrolló perfectamente, dejando de lado el gran abismo que había entre ellos. El uno no era nada —ni siquiera una promesa de futuro- y tras el otro estaba toda la academia sueca; frente a él iban los versos resonantes.

La personalidad en ventaja, con el vivaz juego de la mímica y el estilo calmo, no dejaba de imponer su efecto sobre el simple y receptivo escanés. Estaba listo para llenarse de admiración.

Todo era tan nuevo, tan diferente de lo común, y al mismo tiempo no se sentía extraño. Todo lo contrario. Nunca se había expresado tan desembarazadamente, nunca había conversado con tanto fervor. Este benigno sentimiento de verse comprendido, de poder expresar tanto sus pensamientos más secretos como de poder dar las más indiscretas estocadas sin temor a ser malentendido, actuaba como el resplandor del sol sobre una mosca adormecida: se volvió vivaz y dejó que su escanés zumbase alegremente en el rumor ambiente.

Habían elegido un lugar cerca del rincón; el anfitrión con vista a la sala y el rostro en plena iluminación, el huésped al frente y con la espalda hacia la luz. Él sentía su propia timidez, que a veces se volvía rígido aburrimiento, y había hecho todo lo posible para ponerse en guardia contra ella.

La conversación giró pronto en torno a la literatura y allí se encontró en lo suyo; ni siquiera las largas citas en francés fueron inconveniente, porque entendía bien, aunque hablaba mal. Pero los finos platos lo ponían más confundido, y tenía miedo de que se notara su falta de familiaridad con ellos.

"¿Y ha viajado toda la noche?", preguntó el anfitrión observando la saludable piel del huésped.

"En el tren expreso", fue la respuesta.

"Mi Dios, ¡qué reservas de fuerza nórdica llevará usted escondidas!", estalló el estocolmeño con sonora y atenuada voz, que en el oído del escanés sonó como música.

"¡Ah!", exclamó Halvdan y sonrió. Era muy alto y muy atlético: le resultaba gracioso que lo pintaran como tipo de fuerza nórdica.

"Claro está que yo no podría soportar un viaje como ese", retomó vivamente el escritor, "ese traqueteo me volvería loco, sería necesario encerrarme en un manicomio al llegar".

"¿Sí?", dijo titubeando el huésped.

"Sí, es literalmente cierto, yo soy extremadamente nervioso, y una noche como esa me volvería loco".
Halvdan sonrió.

"Yo dormí como un niño bueno", dijo.

"¿Durmió? ¡Qué naturaleza de hierro! ¿No tiene usted nervios?"

"Al parecer los tengo".

"¡Ser envidiable! ¿Usted es naturalmente ambicioso?"

"Muy poco".

El escritor lo observó, y una mirada a la vez curiosa y jocosa brilló a través de sus quevedos. Se encontraba frente a una variedad desconocida del género humano.

El escanés adivinó su razonamiento y rió.

"¿Es acaso usted mismo ambicioso?", dijo.

"Sí, *tanto*, que creo que voy a morir a causa de ello".

Los dos rieron.

"Pero ahora, vamos a su cuento", dijo el escritor y dejó de lado el tenedor, "me parece un tanto domesticado; usted no tiene fantasía".

"Pero si me han dicho que tengo demasiado de eso, me han recomendado precisamente que debo dominarla estrictamente, al tiempo que debo mantener la descripción lo más cercana posible a la realidad".

"¿Quién le ha dado ese consejo?", preguntó el escritor, al tiempo que se erguía rápidamente de su posición reclinada.

El joven enrojeció asustado, porque había algo acechante en el gesto del otro; él nombró un nombre no desconocido dentro del mundo de los periódicos y del Parlamento.

"¿Qué clase de celebridad es esa?", preguntó el estocolmeño con una irónica contracción de la boca y volvió a hundirse en el respaldo de la silla.

Halvdan enrojeció con más intensidad. Esa pregunta llegaba tan inesperada. Cuando hombres destacados eran descartados de ese modo, ¡qué podía esperarse de un mediocre!

Él no conocía todavía la táctica bastante común de ignorar a las personas que no eran de su gusto; tampoco había oído nada acerca del "realismo" y del "idealismo" todavía, era el tiempo en que eso estaba solo en la inminencia de los hombres especiales. No sabía que tenía frente a sí a una de las columnas del idealismo, y se refirió de buena fe al periodista a quien se había dirigido primero, así como lo que había expresado.

"¡Ah, no se preocupe de esas cosas!", lo interrumpió

su benefactor, "deje en libre juego la fantasía, pero domine la forma".

¿Libre juego? Los ojos le brillaron al escanés. ¿Y si dejaba en libertad todas esas salvajes ideas?

¡Libertad, libertad! Eso era algo en lo que no había pensado. Le reprochaba una fantasía demasiado domesticada… Bah, él no lo conocía. ¿Libertad sería la palabra mágica: un "sésamo ábrete" a la belleza de la obra? Había algo embriagador en la palabra misma.

Levantó su copa, se sentía como otra persona, y la timidez había desaparecido.

"Gracias por el consejo", dijo en un tono totalmente nuevo, "me he sentido amarrado y reprimido. Usted me ha liberado".

"¿Qué quiere decir?", preguntó su anfitrión y miró con asombro su rostro radiante. "No lo comprendo".

"Tal vez sea así de ahora en adelante", dijo el huésped riendo. Y en adelante se aflojó su lengua. Hablaba y bromeaba, el tiempo pasaba y seguían a la mesa, charlando como iguales, aunque uno de ellos no era una promesa de futuro, y el otro era ya un escritor.

"Sabe usted", expresó el anfitrión súbitamente, "usted merece mejor destino que andar embruteciéndose allá en Escania; haga una maleta en serio y venga a vivir a Estocolmo.

"No puedo hacerlo".

"¿Por qué no?"

"Sería demasiado complicado de contar; debo quedarme en mi lugar".

"Ahora se pone usted prosaico otra vez, estoy seguro de que ahora mismo piensa en su buen salario".

"Sí, es cierto, por el mío y los de mi familia; debo quedarme".

"Donde están los buenos guisados de carne de Escania".

Aquí resbaló una sonrisa sobre el rostro del escanés.

"Nunca antes había comido una cena de seis platos", dijo.

"Pero sí seis comidas al día", dijo el estocolmeño riendo.

"Además, la vida se vive también entre nosotros", remarcó el escanés con seriedad.

"Se vegeta. Se extinguirán".

"Tal vez sea así, en el sentido que usted lo dice, pero yo me quedo allí de todos modos".

Pensó en que tal vez había algo de verdad en lo que expresaba su interlocutor, y de nuevo se sintió amarrado, sin saber por qué.

Pero era la hora del teatro, y debían separarse. Por última vez se elevaron las copas.

"Usted es más de lo que me esperaba", dijo el anfitrión animándolo, "pero recuerde mis palabras: no se quede en Escania". Después agregó en un susurro y con una pequeña risa: "Siempre he alentado la secreta esperanza de que los daneses lleguen y se tomen todos los sembrados de allá abajo"

"Yo estaría de acuerdo con su honesto deseo, si no fuese porque el estuario está de por medio", dijo él con una llamarada de rubor, "a *mí* no me produciría pena".

Cambiaron rápidamente de tema, pero esa chispa que se había escapado en las palabras de odio quedaba allí, aunque oculta, y el escanés se las llevó a casa consigo.

*

El trabajo había terminado por el día, los pesados libros de contabilidad habían sido dejados a un lado, y Halvdan Äng estaba solo en su pequeña habitación, rodeado de sus queridos libros, y con la lámpara encendida en la mesa. Afuera chapoteaba la lluvia, y el viento golpeaba las ventanas como si quisiese empujarlos hacia adentro; de este modo la habitación resultaba más agradable y hogareña.

La pared principal estaba cubierta del piso al techo de anaqueles, y solamente la cama estaba por milagro incrustada entre ellos. Sobre la mesa estaba el *Nuevo Reino* en fraternal compañía de algunos números del *Correo* y prensa nacional, y el dueño del lugar estaba allí removiendo una pila de viejas cartas.

Allí estaba una de su protector de otros tiempos: ¡el idealista! Por Dios, nada se sabía nunca de él, ¿es que ya no escribiría por estos tiempos?

Abrió la carta y leyó. Para empezar, le parecía tan extraña, como si estuviese escrita para algún otro que él mismo. Había tantas cosas entre esta carta y el presente, tantos alegres recuerdos y amargas experiencias, todas las contradictorias impresiones de una vida cambiante, y esos pocos años le parecían una eternidad; él mismo era ya otra persona. Pero en todo lo que leyó se deslizaba el mundo sentimental más cercano a su presente, y por fin se disolvió, transformándose en una sola cosa.

La carta estaba fechada un año después de la memorable visita a Estocolmo y decía lo siguiente:

"Estimado señor Äng:

No desapruebo lo bueno de su novela y la considero además mucho mejor, desmesuradamente mejor de lo que se imprime y deja pasar; pero si la comparo con la producción de esos escritores que admiro, y coloco lo que usted en este punto ha logrado en paralelo a lo que usted promete, tengo necesidad de constatar que encuentro esto último inferior, y tengo que reconocer que, aunque con pena, que no considero que el trabajo en cuestión se corresponda con su promesa de enviarme una prueba de sus progresos.

Por esto no puedo aconsejarle que busque en el arte otra cosa que su placer privado; usted debe renunciar a todo pensamiento de satisfacer su deseo de fama, de aprobación y simpatía, así como renunciar a creer que de alguna manera, su trabajo llene el terrible vacío literario de Suecia en estos tiempos."

Dejó la carta entre las otras, y su corazón se encogió bajo quemante vergüenza, no porque no pudiese contarse entre los talentos de rango —ya que nunca había pretendido algo más alto que tener una capacidad considerable; no, se avergonzaba ante el pensamiento de lo falso, de lo dependiente que había sido. Había trabajado sin fe en sí mismo y había tratado de mendigarla de otros. Era el recuerdo de esto lo que producía el rubor en sus mejillas.

En cuanto al deseo de fama, él sabía apenas si lo tenía; sólo sentía que antes que vivir en la ostentación y abundancia y separado de sus libros e intereses literarios, deseaba ser el más pobre servidor al servicio del trabajo espiritual, desapercibido e ignorado.

Apoyó la cabeza entre las manos y pensó.

El odio de su padre por los campesinos volvió a él. ¿Qué había sido? Una heredada soberbia, que había ido en una a otra dirección, volviéndose más y más débil a medida que avanzaba. Cuando llegó a su padre, ya no era otra cosa que una palabrería hueca, y con los años se volvió un amor disfrazado, que él no quería reconocer.

Halvdan sonrió —con esa bondadosa, segura sonrisa que había heredado de su padre. Sentía que era una sola cosa con su comarca y su población; los mismos errores y las mismas particularidades estaban también en su carácter.

Pensó en la alegría que una vez lo atrapó frente a las palabras de su benefactor sobre la libertad. Esa alegría era solamente una noción de los derechos del individuo, de ser él mismo, pero él no lo había comprendido entonces, y lo que está construido sobre la fantasía y el deseo de ser otro diferente, eso se había desplomado. ¿Y luego? Tenía que haber una base más firme.

Y entonces pensó en el talentoso escritor de nervios frágiles. Todavía admiraba aquella hermosa poesía, que va meciendo al lector sobre ondas melódicas hacia afuera de la realidad, hacia un espejismo de dormida belleza; sentía que el niño del campo y el hombre de tendencias académicas no podían ver con los mismos ojos; que lo que importa para uno que ha recibido su formación clásica, por así decirlo, de regalo, no puede importar para aquel que tiene que andar robándose algunas migajas en secreto. Ambos tienen que ir por caminos separados.

Con un sentimiento de cálida gratitud se repetía a sí mismo las primeras palabras de su protector: "Que no flaquee el coraje, porque lo que hoy es verde retoño se abrirá a su tiempo en flor."

En los momentos de flaqueza —esos que a menudo lo visitaban- no tenía otra cosa en que apoyarse que su propio ardiente ánimo y en aquellas palabras. Con el tiempo se habían vuelto para él como la voz de un amigo en instantes similares: Si uno no se atreve a creer en los dioses del consuelo, uno se alegra sin embargo del tono conocido.

Se levantó para colocar los libros en su lugar y tomó el *Nuevo Reino* y el *Periódico del Correo*. Se sintió extraño frente a ambos. ¡cómo lo iban a inquietar a él, en su escondido rincón, esas disputas de palabras y salidas personales! Él estaba afuera. ¿Pero...?

"La vida vive también en nosotros", dijo en silencio y guardó algunas cuartillas llenas de apuntes. Levantó una de ellas, leyó algunas palabras dejadas caer descuidadamente y sacudió la cabeza.

Él no era todavía escritor; pero tal vez las palabras estuviesen germinando.

UNA CRISIS

Con el libro en la mano, apoyó la cabeza en la almohada y miró por la ventana hacia el cielo azul de verano, que se veía a través de las copas con hojas nuevas de los árboles. En intensa actividad, los gorriones gorjeaban allí afuera, volando de aquí para allá, pero adentro reinaba el silencio y la calma del día festivo.

Disfrutó de ello y del brillo del sol, que rodeaba calentando su prolija cama de enferma, dispuesta para reponer el color de sus blancas mejillas.

Era muy bella aún, como siempre lo son las cosas buenas –como el otoño con sus cosechas madurando y sus hojas cayendo- y ni los años ni la enfermedad habían tenido poder para apagar el brillo en esos ojos marrón profundo. Estaban iguales y sin embargo diferentes: menos fuego, pero más pensamiento.

"Sí, existen esos matrimonios", pensó y cerró el libro, "pero también hay felicidad – y amor intenso y fiel" .

Entonces sonrió con sonrisa compasiva al joven escritor y dejó el libro aparte.

Él conocía el mundo tan poco y se animaba no obstante a hablar de manera tan terminante. Sí, así era la cosa con los realistas contemporáneos, los que solamente describen las sombras torcidas de las cosas ¡y las publican como estudios de la realidad! Ella detestaba el realismo, el pesimismo y como fuese que se llamase, pero este joven escritor le interesaba de todos modos. Los años y la religión lo harían recorrer mejores caminos; al menos así lo esperaba ella; por el propio bien de él, con la ayuda de la experiencia conseguida –y la juventud lejana tras ella.

Por cierto, muchos matrimonios como el de ella no había, lo sabía, pero aunque no hubiese más que este único, sería igualmente suficiente para creer en la felicidad.

Volvió a pensar en esos años que quedaban atrás, con sus cambios entre la pena y la alegría, en cómo él y ella se habían mantenido fielmente juntos tanto en el día malo como en el bueno, en el común esfuerzo, en las esperanzas comunes. Y cuanto más pensaba en todo esto, tanto más cálida se volvía la expresión en sus ojos inteligentes.

Sí, la vida es totalmente diferente de lo que muchos se imaginan, tanto más rica, profunda, deliciosa. Ella, que luego de la larga enfermedad comenzaría a vivir de nuevo, podía ver esto mejor.

La gente solía llamarla orgullosa...¡*ella* orgullosa!

Recordó una noche de verano cuando los niños no estaban en casa, y ellos estaban sentados en la escalera de la terraza, mirando al jardín, donde las sombras pronto se espesaron bajo los árboles, y cómo ella, conmovida por la generosa entrega, tomó la mano de él bronceada por el sol y la llevó a sus labios, antes de que él adivinase su intención.

Él la había retirado cuidadosamente, pero ella lo miró y le dijo:

"Esta es la mano que trabaja para todos nosotros".

Él no respondió, pero las lágrimas surgieron en sus ojos –le sucedía tan fácilmente- y él le acarició el oscuro y bien peinado cabello.

Ella inclinó la cabeza hacia sus rodillas, y otra vez estuvieron como antes, pensando plácidos y luminosos pensamientos, bajo las sombras que caían cada vez más profundamente en torno a ellos.

Y ¡qué alegría había sido enseñar a los niños a ampararse en él con cuidadosa tranquilidad, como ella misma! Acostumbrarlos a que en primer lugar pensaran en él, en conceder sus deseos –en lo pequeño y en lo grande. Lo más exquisito, así como la sonrisa más alegre, tenían que ser conservados para el padre.

Sí, habían sido años felices, aunque los problemas, muchas veces, habían superado el hogar. Habían compartido lo bueno y lo malo, trabajo exigente e ingresos variables. El amor permanecía, inalterado por los años, solamente que más calmo, más firme, más probado.

Ella entrelazó las manos, miró hacia el cielo azul de verano y agradeció a Dios que pudiese creer en la vida y creer en el amor a pesar de sus años.

Pero ya no había tiempo para calmos sueños; el médico le había dicho que podía levantarse, y hoy quería sorprender a todos sentándose a la mesa de la cena. Los niños estaban dando un paseo y el padre en la iglesia, era mejor apresurarse.

Se vistió lentamente y sin ayuda, pero cuando estaba vestida a medias, escuchó al carro entrar en la granja. A cada minuto esperaba escuchar los conocidos pasos, pero él se había demorado un poco con los criados. ¡Pobre Alfred, ni siquiera los domingos estaba libre de trabajo! Pero ella estaba contenta de que no la hubiese visto antes de que estuviese lista.

Puso la mano en el picaporte de la habitación de él, lenta y silenciosamente.

¡Ah, si él estuviese solo! ¡Cómo se aclararía el amado rostro por la alegre sorpresa, y estiraría los brazos hacia ella…

La puerta se abrió.

*

Estaban de espaldas a ella, y el marido no tenía idea de que la esposa presenciaba las caricias que él regalaba a la criada. Recién cuando ésta última se desprendió con un pequeño grito y se apuró a salir por la otra puerta, él se volvió a ver lo que la había sobresaltado.

Sus ojos se encontraron.

¿Era realmente su esposa esa mujer con expresión petrificada y ojos horrorizados?

"¡Ebba, Ebba!", estalló él y avanzó, con un gesto de súplica, mientras extendía hacia ella las manos.

Pero ella levantó la mano en rechazo y se volvió, silenciosa, como si se le acercara la muerte.

"¡Por Dios, perdóname!, gritó él con voz temblorosa.

"No hables, no me toques", respondió ella temblorosa, y con el mismo gesto inerte en su rostro gris se volvió sobre sus pasos. Caminó con vacilación, sin que él se atreviese a sostenerla, y los suaves pliegues de la bata resbalaron por la alfombra, envolviendo la delgada figura, desagradable como una mortaja. Y entonces desapareció cerrando la puerta en silencio.

Los pájaros cantaban y gorjeaban afuera, al sol, pero ella no los oía, sus oídos zumbaban, y sentía la cabeza pesada.

Cuando los niños llegaron a casa, fueron recibidos por el padre, que los saludó a la entrada.

"Niños, al comedor", dijo ella, "quiero hablar unas palabras con Erik".

Ellos obedecieron, y el hijo mayor se detuvo, observando con algo de asombro el rostro alterado del padre.

"Entrad y saludad a vuestra madre", dijo sin mirar al hijo a los ojos, "me temo que se ha puesto peor".

"¿Cómo es eso?"

"Ha estado levantada", respondió el padre, mientras

continuaba eludiendo la mirada del hijo.

"¿Qué hay con eso?"

"Desafortunadamente... Bien, tú ya no eres un niño; intenta mejorar las cosas".

Con estas palabras se hizo un ardiente rubor sobre el rostro del joven. Sin responder, dio la espalda al padre y entró en el dormitorio.

La madre yacía con los ojos cerrados y los labios apretados, como para vencer un dolor físico.

"Madre querida, ¿cómo estás?", preguntó el hijo, se sentó en la cama y puso el brazo bajo su cansada cabeza.

"Tengo que decirte algo", dijo ella y fijó sus ojos sin lágrimas en su rostro.

"¿Qué quiere decirme, madre?" preguntó lentamente y se inclinó sobre ella.

"¡Ah, niño, caerá sobre vosotros como un pesado y duro golpe! Quiero separarme de vuestro padre, y no puedo decir la razón".

Las palabras llegaron como una queja, angustiadas y de todos modos controladas.

"La causa no es ningún secreto para mí", dijo el hijo en voz baja, como si la vergüenza le impidiese hablar más alto, "Lo he sabido desde hace tiempo".

"¡Largo tiempo! ¿Quieres decir durante largo tiempo de nuestra relación?!

"Lamentablemente", respondió él, sin levantar la vista.

Ella se hundió otra vez en las almohadas, y hubo una larga pausa.

"Deberías habérmelo dicho", dijo ella al fin.

"¿Qué sentido hubiese tenido? El descubrimiento llegó al fin".

"¿Y cómo ha permitido tu corazón que tu madre viviese bajo el mismo techo que...?"

"¿Qué podía yo hacer?"

"¡Debo irme de este lugar, lejos, debo separarme! ¿Entiendes?"

"Sí, separarte. ¿Y qué será de *nosotros*?"

"Me teneis a mí. Yo seré siempre vuestra madre".

Cuando expresó esas palabras, se reveló un mundo de ternura.

Él tomó la mano de ella y la llevó a los labios bajo un largo silencio.

"Sé que madre no desearía el escándalo", siguió él, "y que si simplemente se alejase, perdería su parte del matrimonio. ¿De qué viviríamos? Yo podría mantenerme solo, pero no podría ser soporte prolongado de mi madre y de mis hermanos".

"Dios nos mostraría alguna solución".

"Pero no todos los hermanos podríamos acompañar a mamá; papá no lo permitiría jamás. ¿A cuáles de nosotros sacrificaría mamá?"

Con un sollozo apagado hundió ella el rostro en las almohadas.

Ella -que siempre había dado buenos consejos, ella, la valiente, siempre lista a animar y a ordenar- estaba indefensa como un niño y tenía que buscar amparo en aquel a quien antes había guiado desde los primeros pasos.

Era como si todo se hubiese derrumbado, y solamente lo tuviese a él. Todo aquel amor que ella había depositado en su alma receptiva.

Se reclinó sobre el hombro de él, y él abrazó los hombros de ella con más fuerza.

"¡Llora y desahógate, madre querida!" dijo él con cariño y acarició con la mano su cabello. "Hablemos con franqueza, con total sinceridad y sin intentar eludir los temas terribles; así será todo más fácil".

Se detuvo, como esperando respuesta, pero cuando

notó que ella callaba, continuó:

"La larga enfermedad ha sido una verdadera desgracia para todos nosotros, pero ahora ya ha pasado, y cuando mamá pueda otra vez retomar las tareas del hogar, todo irá bien otra vez".

"Tal vez en la apariencia".

"Mamá siempre ha reconocido a papá como alguien mejor que todos los demás —como una luminosa excepción".

"¡Todos los demás! Ah, niño, niño, ¿quieres decir con eso que serás como él?"

Aquí sobrevoló un gesto amargo sobre el rostro del hijo.

"No", dijo él, "quien ha sufrido como yo por la humillación de ver a su padre exponerse al ridículo, olvidando su edad, sus deberes, su posición; quien debe soportar en silencio lo evidente, sonrojarse frente a la servidumbre y oír sus risas llegar hasta la médula —ese no puede construir un hogar, o bien lo tendrá profanado".

"Pero saber que sus hermanos están bajo la influencia de un padre como ese, pensar que las inclinaciones pueden deslizarse en su naturaleza —¡con un ejemplo como ése!"

"Por eso, más te necesitamos. Ah, nunca tuve tan claro lo que has sido para todos nosotros, antes de que llegara esta prueba, y pienso con horror que ha caído con la mayor fuerza sobre ti. Pero tú nos has enseñado a estar unidos, y has de ver —querida madre- que no lo has hecho en vano. Deseamos llevar tu carga, aliviar tu camino y decidir entre todos la manera más correcta de actuar "

"¡Ella debe irse! gritó la madre, y por primera vez sus ojos relampaguearon.

"Sí, así pensé también yo en mi primera reacción", contestó el hijo con sensatez, "pero nada podía decir, nada podía proponerme, mientras tú estabas enferma; ahora has tenido tiempo para reflexionar. Siempre has cuidado la imagen del hogar; hazlo ahora también, evitando llamar la atención. Que se vaya, pero en un tiempo prudencial".

"¡Y sufrir día a día con la humillación de verla en mi casa!"

"No hagas nada", dijo él, y una expresión de regocijo de venganza se posó sobre su rostro. Los errores del padre no habían pasado desapercibidos para él, como él mismo había creído, y si no habían dejado una mancha en el joven espíritu, habían sin embargo dejado su sombra. "Ahora, cuando mamá haya sanado, retomará su fuerte influencia sobre papá, lo sé bien; él admira la inteligencia de mamá y se inclina casi siempre a favor de su visión práctica y segura. Las humillaciones las sufrirá ella, no mamá. El poder estará en manos de mamá".

"Ah, hijo, no es poder lo que deseo", dijo ella lentamente.

"Lo sé", respondió él, "todos tus deseos han sido hacia nosotros, toda tu vida ha sido amor, y eso es lo que te ha dado fuerza".

Otra vez callaron, pero cuando el hijo se levantó para retirarse, se inclinó y susurró:

"Dejaré que papá entre a la habitación, y tú no lo rechazarás; no por causa de él, sino por causa de nosotros".

"Sí, por vosotros", repitió ella como un eco.

Él se retiró, y al poco tiempo entró en la habitación el padre.

Se deslizó hasta la cama sin mirarla, y entonces cayó de rodillas, rompió en lágrimas, escondiendo el rostro en las almohadas. Con dolorosa pasión puso ella la mano sobre el rostro inclinado –aún bello.

Pero ya había caído como un velo de sus ojos, y por primera vez lo veía como realmente era, sin la iluminación mágica de su amor; no peor, no mejor que los otros, tan sólo mezquino –y eso era lo peor.

¿Qué iba a decir?

¿Que él le parecía tan miserable, ya que una sola palabra de ella sería suficiente para alejar su tristeza? ¿Que ella lo acompañaba en su dolor, y que justamente por eso tenía que despreciarlo?

*

Con la bata suelta, ella estaba sobre el borde de la cama y observaba a la luz de la lámpara el rostro del que dormía en calma. ¡Después de todo aquello, él dormía realmente! Un sueño calmo y sin inquietudes. Y él era su marido.

Sonrió con amargura.

Y los recuerdos pasaron, uno tras otro –recuerdos bien conocidos, hasta hace poco valiosos- y de cada uno de ellos se levantaba el velo con que su propia devoción los había cubierto. Ahora los veía como vulgares, desnudos, y se sentía tan desamparada, tan indeciblemente desamparada. No poseía nada, ni siquiera el pasado.

Oprimió con las manos sus doloridas sienes. Poder olvidar, como él –y dormir.

Lenta y vacilante fue hasta la mesa de noche, donde estaba la botella de cloro. Algunos tragos profundos, y se dormiría sin dolor, ¡se dormiría de la humillación y los recuerdos! ¿Para siempre? ¿Sería la dosis lo suficientemente fuerte?

¡Y los niños!

Se detuvo y retiró la mano. Hundida en cavilaciones caminó por el largo corredor que llevaba a la habitación del hijo.

Estaba oscuro, y la noche en total silencio; ni siquiera sus propios pasos se oían. El aire se sentía pesado presionando sobre su pecho; era como si pronto fuese a sucumbir bajo un peso y a hundirse, deshecha y gimiendo. ¡Qué cansada estaba! ¿Era acaso un error desear dormirse de todo esto?

Abrió la puerta y avanzó hacia la cama del hijo.

También él dormía.

Descorrió la cortina, de manera que el débil relumbre de la noche de verano cayó sobre su rostro.

¡Esos rasgos queridos! Tan parecidos a los del padre, pero más finos, más espirituales. Allí había una expresión de cansancio, y estaba pálido. Pobre muchacho; la calma que había mostrado había tenido su precio.

Quedó en calma contemplándolo. Ahora, cuando la expresión de su rostro contraído no era controlada, pudo ver cómo había cambiado durante este tiempo de angustia y desgaste. Había adelgazado, y en torno a los labios cerrados descansaba un trazo dolorido, que le partió el corazón. Era la primera prueba que él había sobrellevado solo, sin ella.

¡Qué pálido estaba! Eso la inquietaba.

¿Cómo iba él a recorrer con su sensible, introvertido espíritu, este mundo sin sentimientos? Amar y ser traicionado: como ella. ¿Y ella sería el comienzo de todo?

Lágrima tras lágrima corrió por sus mejillas, y en su cálida corriente de disolvió su desesperación egoísta.

Entrelazó las manos y miró al cielo, que se aclaraba con el primer rayo de la mañana.

"Si no es por él, será por nosotros", había dicho el hijo.

¡Sí, por ellos!

Se hundió a los pies de la cama y apoyó la cabeza contra sus manos unidas.

Y entonces se hizo el día: el largo día.

EVA

Ya están ya instaladas las ventanas dobles y las alfombras de Bruselas cubren el piso, pero afuera aúlla la tormenta otoñal, con su respiración húmeda que sopla, arrojando por todos lados la hojarasca amarillenta. La habitación está decorada con un lujo sensato, que muestra que uno no necesita ahorrar ni tampoco desea ostentar.

En una sola mirada a las tres personas, uno nota que es después de la cena, que la anciana dama con los anteojos sobre la nariz y el libro en la mano lucha con el sueño, aunque esté allí sentada tan rígida y derecha; uno nota también que la joven se siente muy bien, mientras se arrebuja en el rincón del sofá, con los pies metidos en la falda y el libro sobre las rodillas.

Ella ya no lee, pero piensa en lo que ha leído. Es un rostro inteligente, especialmente notable por sus bellas mejillas y largas pestañas.

Los ojos han quedado fijos en la alfombra y ella piensa en lo que ha leído, o sobre lo que cree que el escritor quiso decir, que tal vez no es exactamante lo mismo.

En esas representaciones, a las que uno reprocha ser frías e inmorales, ella cree sin embargo oír el golpe de un corazón cálido, y bajo la funda de un osado realismo ella cree ver asomar un deseo de mantenerse puro, lo que hace que ella no se sienta rechazada por esos esbozos del instinto que, de otro modo, la alejarían del contacto con todo lo bajo e indecente que a veces la ha obligado a que con timidez frente al escritor, el que escribió, y por sí misma, la que leyó, a descartar muchas obras modernas para nunca más retomarlas.

Aquí aparecían ciertamente expresiones puntuales y simples, que le chocaban del mismo modo que un tono erróneo en un rostro hermoso, uno de esos que eliminan al principiante o a la carencia de oído; pero no era en la forma en lo que ella pensaba, sino en algo que había atrás. Era esa poesía, totalmente inconsciente, oculta a medias, que hay en toda realidad, para el que tiene oído para ella. Esa poesía estaba allí, tal vez contra la voluntad del escritor -o tal vez estaba en lo que su mente leía. Esa mente era movediza, sus pensamientos eran los de una mujer y su arte final ilógico; tal vez era también esto lo que hacía que ella se juzgara a sí misma con tanta tolerancia.

Como fuera, se sentía agradecida con el escritor, porque había despertado esos pensamientos; porque le parecía que su vida, por esto, se había vuelto más libre; y aunque sus propias condiciones se habían cumplido, no queía hundirse en un adormecimiento espiritual. En el trasfondo de su propia visión conformista de la vida se veían, naturalmente, sus imágenes menos grises de lo que podrían haber sido.

Ella había pensado o había leído con pasión, y aunque había visto aflorar al escepticismo, no había tenido corazón para exclamar "falta de fe", sino que tan solo con nostálgica compasión había pensado en el extraño rezo: "Señor, yo creo, ayúdame en mi duda". Estas palabras habían surgido a menudo en ella.

"¿Qué cosa lees?", preguntó la madre de pronto y la miró, mientras ella dejaba el libro.

"Acabo de terminar", contestó ésta y mencionó el título del libro.

"Préstamelo", dijo la madre y estiró la mano.

"No lo leas", contestó la hija y había algo en su voz, como unas palpitaciones que deseaba ocultar.

"¿Por qué?, preguntó con agudeza la madre. Ella consideraba por cierto a su yerno un "librepensador" y a los libros que él le prestaba a su esposa como "inmorales" aunque ella los leía -en secreto- todos, porque era muy curiosa.

"A mamá no ha de gustarle", contestó, para eludirla, la joven esposa.

"¿Cómo puedes saberlo?", preguntó la madre con la mirada afilada de un juez, que es la propia de muchas mujeres maduras.

"Ah, porque conozco a mamá muy bien", contestó la hija con una risita nerviosa. Ella se había enamorado de esos relatos y sabía que la madre los interpretaría mal. Eso le dolía.

"¿Hay algo indigno allí?", preguntó la anciana dama con una ojeada desconfiada.

"Sí", contestó la otra bruscamente. Como cuando una mujer no está lista a hablar contra sus propias convicciones y se trata de proteger su yo interior de las miradas profanas.

"Sí; si el libro es indigno puedes conservarlo para tí misma", dijo la anciana, mientras con gran dignidad tomaba su tejido.

La hija devolvió los relatos al armario, se guardó la llave y se puso a revisar las hojas de sus plantas.

Cinco minutos después, la madre rompió el silencio.

"¿Puedes prestarme el libro un momento?", dijo, "Yo quisiera de todos modos saber lo que es, así como tú crees que no me habrá de gustar".

LUTO

Es una habitación sencilla. En la cama yace la esposa, estirada, con las manos entrelazadas sobre el pecho. Su rostro es regular, ahora más cubierto con el terrible, opaco color de la muerte. Sí, ha sido una buena esposa, trabajadora, amable, ahorrativa; él ha estado siempre conforme con ella; nunca han tenido disputas; ha sido una vida tranquila y regular la que han vivido; comenzaron con nada, sino con su capacidad de trabajo, nunca tuvieron hijos y a él le pareció bien esto: la economía de la casa era tan modesta. Sí, ahora ella ha muerto. Las ventanas están llenas de exhuberantes y bellas plantas, más bellas de lo que uno hubiese esperado de una cabaña campesina, y racimo junto a racimo se inclinan hacia el cristal y la luz; sus plantas crecían siempre con tanta riqueza.

Él está sin gorra junto a la cama y la observa allí donde ella yace; es la primera vez que está sin gorra en su propia casa, pero ahora lo está. El cabello es rojo y lo lleva corto alrededor de la cabeza, como cepillo y tupido; la barba es roja e hirsuta, su rostro está gris de suciedad, en el labio superior hay una sombra de tabaco de mascar, pero él toma otro trozo; la caja de tabaco es su consuelo. Por el trabajo y el descuido, las manos están rígidas como garras, la camisa sucia, los pies en sus calcetines de lana amarillos grisáceos que se ven todavía más grandes en los zuecos deformados y junto a los pantalones cortos, que no llegan a las suelas. Los ojos parpadean a menudo y son también de un color amarillo rojizo.

¿Acaso ella, la muerta, ha amado alguna vez a este hombre? Sí, quién sabe, él no ha pensado, probablemente, nunca en ello y puede ser que ella tampoco.

Bien, ahora está muerta y él se dirigirá al pastor. Los zuecos se cambian por botas, sobre su chaleco gris y su tricota a rayas azules se pone un abrigo gris, se coloca la gastada gorra en la cabeza y se marcha.

¿Creen que es pobre? ¿Nada de eso? Él comenzó su trabajo como peón de carpintero, continuó por mano propia construyendo casas de madera para los otros y al final para sí mismo. Ahora tiene fortuna, sí, a juzgar por sus hábitos es rico, pero su persona está incambiada; solamente algo más rígido, más adicto al tabaco y más hirsuto que antes, porque ahora él es su propio patrón y no necesita "agradar a nadie".

Entonces entra en casa del pastor y le da su "Buen día" con su habitual tono nasal gangoso.

"Buen día", responde el pastor y lo mira desde el púlpito, porque es viernes. "¿Anda Per Hansson caminando hoy?"

"Sí", contesta Per Hansson y se quita la gorra lentamente "Traía un pequeño recado para el pastor". Se lo ve turbado y se nota visiblemente que no sabe cómo formular sus palabras.

"Siéntese, pues", dice el pastor, y para aliviar un poco su turbación dándole tiempo, agrega: "¿Cómo van las cosas en casa?"

"No están muy bien", responde Per Hansson y se rasca un poco el cuello, con la gorra en la mano. "Justamente iba a decirle, pastor, que mi mujer ha muerto esta mañana a las cinco; sí, ha muerto".

"¿Ha muerto?", repitió el pastor, enmudeciendo y mirando casi con desprecio hacia el abrigo gris. "Pero me parece... no sabía que ella estuviese enferma"

"No, ella no estuvo en cama más de tres días, pero en realidad no había tenido buena salud en años".

"¿Qué enfermedad tenía?"

"Oh, fue una enfermedad tranquila".

"No, quiero decir ¿qué le pasó?"

"Le afectó el pecho".

"¿No consultaron al médico?"

"Sí, el doctor estuvo allí ayer, pero de nada sirvió".

Hubo una pausa, en la que Per Hansson quedó manoseando su gorra, visiblemente sin saber si quedarse o marcharse; no tenía experiencia en estas cosas.

El pastor también se sentía algo turbado, porque si esto era duelo, era al menos un duelo para el cual las fórmulas de consuelo no servían.

"¿Desea Per Hansson un vaso de cerveza?, dijo para terminar la larga pausa, que hasta el momento había sido interrumpida sólo por la respiración resfriada de Per Hansson.

"Gracias", repondió el viudo en su lento, ancho dialecto campesino, "sería bueno tomar algo que aleje la pena".

Y entonces bebió su vaso de cerveza y agradeció al pastor con su torcida y torpe reverencia.

Cuando el pastor, media hora después, pasó por la casa del duelo vio a Per Hansson, en su común ropa de trabajo, caminar por la granja, desde la leñera hasta la vivienda, con una larga estaca en la mano: iba a tomar las medidas del ataúd.

PÉRDIDA

Abrió la enorme puerta de roble del vestíbulo del sanatorio y entró.

Lo golpeó un olor a fenol, pero el olor se sentía fresco, y allí llegaba hasta el techo, alto como el de una iglesia. Sus pasos dieron eco bajo la bóveda cuando avanzó lentamente por la ancha escalera que llevaba al segundo piso.

Los pasos eran pesados y se fueron haciendo más pesados a causa de los torpes zapatos. El vestido consistía en ropas de sayal, sencillas pero elegantes, el rostro era basto pero honesto, tostado por el sol y castigado por el clima, como el de un marinero.

Toda la figura estaba impregnada en energía torpe, que era la propia de los hijos de miembros toscos de aquellas praderas. Estaba en sus mejores años, pero la espalda era encorvada, y una seriedad rígida descansaba en sus rasgos.

Al llegar al escalón superior se detuvo y respiró hondo, y luego continuó su camino avanzando por el corredor. Fuera de una de las salas vio a una enfermera ocupada en una alegre conversación con un joven. Se detuvo, dudoso, y no quiso avanzar, pero los vivaces ojos de ella volaron hacia donde él estaba, y ella advirtió su presencia. Con una amable inclinación de cabeza hacia el joven se volvió y fue hacia el campesino.

"Lamento su pérdida", dijo ella en un tono oficial de funeral, "pero no pudimos hacer nada; hicimos todo lo que se podía hacer".

Él le apretó la mano, tan fuerte que le produjo dolor. "Gracias", dijo, "Gracias; pero de nada sirvió".

Sus labios temblaron, él no dijo nada más y liberó la mano de ella.

"Ella podría haberse quedado en casa", continuó él luego de una corta pausa.

"Pero en ese caso podría usted estar reprochándose no haberlo intentado todo. Pero usted ha hecho lo que ha podido."

Él no contestó y miró al piso; ni un suspiro elevó su voz.

"Fue lo mejor para ella, me parece", dijo él al final, con una voz tan forzadamente firme y poco natural, que la enfermera sintió una especie de congoja. A ella le hubiese gustado decir algo para consolarlo, pero no supo qué.

"¿Desea ver el cuerpo?", dijo ella.

"Sí", respondió él brevemente, sin mirarla.

Ella caminó adelante, y él la siguió, bajando las escaleras hasta entrar en la morgue. Allí olía pesadamente a fenol y a ramas de abeto.

Los contornos de una figura delgada de mujer se revelaban claramente bajo la suave sábana. El hombre había adquirido una palidez cadavérica.

"Si ella está cambiada, no la quiero ver", dijo él.

"Ella está como dormida", respondió la enfermera, y un par de lágrimas rodaron por sus mejillas. Allí había algo del duelo de este hombre que la conmovió más que de costumbre, ella no supo por qué. Una estaba, de todas maneras, tan acostumbrada a estas cosas en el sanatorio.

Él se quedó parado a la distancia, mientras la enfermera avanzó hasta la camilla y levantó una punta de la sábana.

Era un rostro blanco como el mármol, con cejas oscuras y cabello oscuro, tranquilo, pero ¡tan rígido y frío!. Tan horriblemente ausente de todo nuestro mundo.

"He visto suficiente", dijo el hombre y apoyó su mano en el picaporte, "ahora reciba usted las gracias. Voy a preparar mi viaje de vuelta".

"¿Desea usted llevarla a casa?"

"Sí, ella será enterrada en nuestro cementerio", dijo decididamente. Salieron de la habitación y la enfermera cerró la puerta.

"Espere un momento", dijo ella cuando salieron al corredor, "en mi casa quedó un trabajo que ella comenzó antes de ponerse mal; es mejor que usted lo lleve consigo".

Él la siguió en silencio. Cuando llegaron a la habitación de ella, entró y salió con un mameluco de niño a medio hacer, que le entregó.

Él lo tomó y volvió con cuidado en sus toscas manos, con dolorosa ternura, mirando la pequeña prenda

"Mi Dios", dijo, y un par de lágrimas aparecieron en los ojos sinceros, "Mi Dios, esto lo ha cosido ella". Y las lágrimas rodaron lentamente por sus mejillas tostadas por el sol.

Arrolló la pequeña prenda y la introdujo en el interior de su abrigo, que abotonó prolijamente.

"Iba a ser para nuestra hijita", dijo "pero nunca llegó a vestirlo, nunca llegó a ser terminado. Ella lo cosió".

Enjugó sus lágrimas con un gesto decidido, que les prohibía retornar. La expresión desamparada se había retirado, fue como si hubiese encontrado el pasado.

"Ahora hay que agradecerle", dijo de corazón y apretó la mano de la enfermera, "ahora organizaré mi viaje".

Asintió una vez más y se fue; los pesados pasos provocaron eco en la bóveda.

Cuando salió, encontró a dos de sus vecinos, que venían entrando. Se saludaron y se estrecharon la mano.

"Tu mujer, que se fue", señaló uno, un anciano de maneras torpes, vientre abultado y ropa lujosa.

"Era lo mejor para ella", respondió el viudo con tranquilidad, casi se podría decir que indiferente.

"Mejor también para ti", dijo el vecino rico, "porque ella ya no podía mejorar, y fue suficiente con que hayas estado amarrado los últimos dos años, cuando estaba enferma".

El viudo no respondió; carraspeó, estrechó la mano de los vecins otra vez y se fue.

Suficientemente amarrado -se repitió para sus adentros, mientras caminaba por la húmeda senda del jardín, bajo los desnudos árboles, rodeado por la niebla del otoño tardío.

Y vio dos enormes ojos, que estaban siempre vueltos a la puerta con nostalgia, cuando llegaba a casa, vio el pobre rostro pálido, que sonreía allí en la cama, él se inclinó hacia este rostro, y un par de brazos se aferraron con entrega en torno a su cuello.

Ahora se habían cerrado -esos ojos- y los enflaquecidos brazos descansaban pesados como plomo, muertos, sobre un corazón petrificado.

Suficientemente amarrado – suficientemente amarrado- se repitió en su mente como un doble.

¡En qué abandono solitario quedaba su vida frente a sí! - amarre suficiente.

Se apoyó en el mojado tronco de un nogal, y un sollozo convulsivo surgió de su pecho cargado por el luto.

La Autora

Victoria Benedictsson (6 de marzo de 1850 - 21 de julio de 1888) Narradora y Dramaturga Sueca. Su escritura realista es considera, junto con la de August Strindberg, como lo más influyente del final del Siglo XIX en Escandinavia. Es además, precursora del feminismo en la región nórdica. En su literatura aborda la vida campesina así como los problemas en el seno de las familias suecas de esa época. Se suicidó cortándose la vena carótida en una habitación de hotel en Copenhague, Dinamarca, luego de haber vivido un tórrido romance extramarital con el crítico literario George Brandes.

La Prologuista

Ligia María Orellana nació en San Salvador, El Salvador, el 19 de enero de 1985. Se dedica a la investigación y la docencia en psicología; es autora de los libros de cuentos Combustiones Espontáneas (UCA Editores, El Salvador, 2004) e Indeleble (Colección Revuelta, El Salvador, 2011) así como de los blogs Qué Joder (quejoder.wordpress.com), Psicoloquio (psicoloquio.net), y el webcómic Simeonístico (simeonistico.com).

El Traductor

Roberto Mascaró (Uruguay, 1948) es poeta y traductor. Actualmente se dedica a la traducción de literatura en lenguas nórdicas, dirige el Taller Arte de la Traducción y el programa radial Taller de Letras en la ciudad de Malmö, Suecia. Como poeta ha publicado 16 libros en Uruguay, Suecia, Colombia, Venezuela y El Salvador. También ha publicado más de treinta volúmenes de traducciones, entre ellas obras de Tomas Tranströmer, August Strindberg, Öyvind Fahlström, Ulf Eriksson, Tomas Ekström, Jan Erik Vold, Edith Södergran y Henry Parland. Traductor del Premio Nobel de Literatura 2011, el sueco Tomas Tranströmer.

www.ingramcontent.com/pod-product-compliance
Lightning Source LLC
Chambersburg PA
CBHW070354130626
46556CB00007B/3166